STIAM

LE KIOSQUE DE BISCUITS

rts

Jonathan Litton

Illustrations de **Magalí Mansilla**

Texte français de **Claude Cossette**

Suzie et Max ont installé un kiosque devant leur maison. Ils vendent des biscuits pour se faire un peu d'argent de poche.

Ils attendent les clients, mais personne ne s'arrête pour acheter leurs biscuits! Pourquoi?

— Nos biscuits ne sont pas très jolis,
fait observer Suzie. On devrait les décorer!
— Oui! s'écrie Max. On pourrait les
transformer en étoiles et en fusées!

3

Dans la cuisine, Suzie et Max
trouvent du glaçage de couleur et des
pinceaux à pâtisserie. Ils se lancent
dans la décoration de leurs biscuits.

Super!

Les biscuits colorés ont l'air délicieux, mais les gens ne s'arrêtent toujours pas pour en acheter.

L'enseignant d'arts plastiques, monsieur Barbot, passe par là.

— Voulez-vous un biscuit, monsieur? demande Max.

— Oui, merci, répond monsieur Barbot. Miam, délicieux!

Puis il ajoute :

— Je n'avais pas remarqué que vous vendiez des biscuits. Vous devriez attirer davantage l'attention.

— Comment faire? demandent Suzie et Max.

— Hum… Je vous suggère d'aller regarder quelques vitrines. Cela vous donnera des idées. Je vais m'occuper de votre kiosque pendant ce temps, offre monsieur Barbot.

Les gâteaux de Caro

Fruits

— Oh! Max, regarde cette pâtisserie! lance
Suzie. Les gâteaux sont posés sur des présentoirs.
Ils sont jolis et appétissants!

et légumes

LES SOULIERS D'ARTHUR

— La boutique de fruits et légumes est colorée, fait remarquer Max. Mais la vitrine du magasin de chaussures est très ordinaire.

— Ajoutons de la couleur à notre kiosque, propose Suzie. Nous attirerons ainsi beaucoup de clients!

Ils retournent à leur kiosque en courant.

— Alors, vous revenez la tête pleine d'idées?
demande monsieur Barbot.

— Oui! s'exclame Suzie. Je vais fabriquer un
présentoir à étages pour disposer les biscuits.

— Et moi, je vais décorer la table, ajoute Max.

Suzie et Max travaillent fort. Leur kiosque est bientôt transformé.

— Il est très coloré et festif! s'écrie Suzie. Et les biscuits ont l'air délicieux!

— Maintenant que les biscuits sont joliment présentés, tout le monde va venir, déclare Max.

Quelques personnes s'arrêtent.

— Embellir le kiosque et les biscuits
a été utile, déclare Max. Mais que
pourrions-nous faire d'autre?

— Nous pourrions faire
une affiche pour que les
gens de l'autre côté de
la rue remarquent notre
kiosque, suggère Suzie.

Max et Suzie retournent à la cuisine et se mettent au travail. Ils utilisent de la peinture, des pinceaux, du papier, mais tout à coup...

ils se donnent un coup de coude. Des gouttes de peinture tombent partout!

— Oh non! Notre affiche est tachée! s'exclament-ils.

— Allons demander conseil à monsieur Barbot, suggère Max.

— Monsieur Barbot, comment pouvons-nous réparer notre affiche? demande Suzie.

— L'art n'est pas toujours propre et net, dit l'enseignant. Les taches peuvent faire partie du dessin.

Monsieur Barbot leur montre comment décorer
leur affiche avec des taches de couleur.

— C'est génial! s'écrient
Max et Suzie enchantés.

— Comment vais-je colorer mon étoile? demande Suzie. Nous n'avons pas de peinture verte.

— Et nous n'avons pas non plus de peinture orange pour la fusée, ajoute Max.

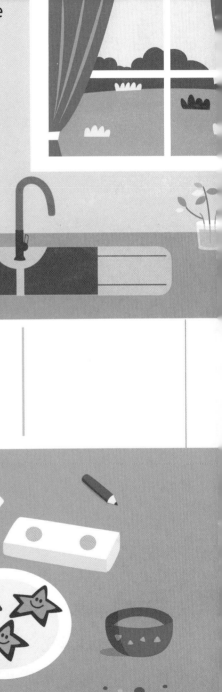

— Vous avez les couleurs nécessaires pour faire du vert et de l'orange, déclare monsieur Barbot. Mélangez-en simplement deux.

Suzie et Max mélangent les couleurs.
— En mélangeant le bleu et le jaune,
on obtient du vert! s'exclame Suzie.

— Et le rouge mélangé au jaune donne de l'orange, dit Max en riant. Si on met plus de rouge, l'orange est plus foncé. Si on met plus de jaune, l'orange est plus clair.

Suzie et Max suspendent leur affiche.
Les clients viennent en grand nombre à leur
kiosque haut en couleur!

Les biscuits se vendent si vite que,
bientôt, il ne reste plus que des miettes.

— Félicitations! dit monsieur Barbot.
La décoration du kiosque et l'affiche ont
fait une grande différence!

biscuits

à vendre

Les arts dans l'histoire

Examinons les problèmes auxquels Suzie et Max ont été confrontés. Consulte les pages indiquées pour obtenir de l'aide ou trouve les réponses à la page suivante.

p. 4

L'art est partout

Max et Suzie ont réalisé de belles créations artistiques dans l'histoire, notamment des biscuits colorés et une jolie affiche.

Qu'ont fait Max et Suzie pour que les biscuits soient plus attrayants?

Qu'ont-ils fait pour réparer les dégâts sur l'affiche?

p. 14

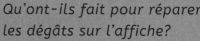

À ton tour

Il y a des créations artistiques tout autour de toi. Tu peux utiliser de la peinture sur du papier, des craies sur un tableau ou du glaçage sur des biscuits. Tu peux aussi créer des sculptures à partir de vieilles boîtes ou réaliser des collages avec des feuilles. As-tu déjà essayé? Que pourrais-tu faire d'autre?

Des créations colorées

Suzie et Max avaient de la peinture rouge, jaune et bleue. Ce sont les couleurs primaires. En les mélangeant, tu peux créer des couleurs secondaires.

p. 19

Comment Max a-t-il créé de la peinture orange?

À ton tour

Il existe beaucoup de couleurs et de formes différentes. Quelles autres couleurs peux-tu créer à l'aide des couleurs primaires? Quelles couleurs doit-on mélanger pour avoir du violet? Essaie pour le découvrir!

p. 11

Des présentations attirantes

Max et Suzie voulaient que leur kiosque attire l'attention, alors ils ont regardé des vitrines pour trouver des idées.

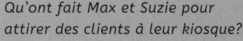

Qu'ont fait Max et Suzie pour attirer des clients à leur kiosque?

À ton tour

L'art attire les gens; c'est pourquoi les boutiques l'utilisent sur leurs étalages. Observe les vitrines des boutiques de ton quartier. Quelles sont tes boutiques préférées? Pourquoi?

23

Réponses

Si tu as besoin d'aide pour trouver les réponses, essaie de relire la page indiquée.

L'art est partout : Suzie et Max ont transformé leurs biscuits en étoiles et en fusées, et les ont décorés avec des couleurs vives. Ils ont intégré les taches de peinture à leur dessin.

Des créations colorées : Max a créé de la peinture orange en mélangeant du rouge et du jaune.

À ton tour : Pour créer de la peinture violette, tu mélanges du rouge et du bleu.

Des présentations attirantes : Les enfants ont transformé leur kiosque pour qu'il soit coloré et attirant. Ils l'ont décoré, ont disposé leurs biscuits sur des présentoirs et ont fait une affiche.

Catalogage avant publication de Bibliothèque et Archives Canada

Litton, Jonathan
[Cookie stall. Français]
Le kiosque de biscuits / Jonathan Litton ; illustrations de Magalí Mansilla; texte français de Claude Cossette.

(STIAM)
Traduction de: The cookie stall.
ISBN 978-1-4431-7420-6 (couverture souple)

1. Art--Ouvrages pour la jeunesse. I. Mansilla, Magalí, illustrateur II. Titre. III. Titre: Cookie stall. Français.

N7440.L5814 2019   j700   C2018-904654-6

Édition publiée par les Éditions Scholastic, 604, rue King Ouest, Toronto (Ontario) M5V 1E1, avec la permission de QED Publishing.

5 4 3 2 1   Imprimé en Chine CP141   19 20 21 22 23

Conception graphique du livre : Sarah Chapman-Suire

Pour en savoir plus...

Consulte Internet **avec tes parents** pour trouver des renseignements utiles sur les arts et le design. Par exemple, tu peux te rendre sur les sites Web d'écoles d'art et de musées des beaux-arts ou d'art contemporain.